J. Caspary

Zur Lehre von den Metastasen

Antigonos

J. Caspary

Zur Lehre von den Metastasen

Unveränderter Nachdruck der Originalausgabe von 1877.

1. Auflage 2024 | ISBN: 978-3-38699-338-8

Antigonos Verlag ist ein Imprint der Outlook Verlagsgesellschaft mbH.

Verlag: Outlook Verlag GmbH, Zeilweg 44, 60439 Frankfurt, Deutschland
Vertretungsberechtigt: E. Roepke, Zeilweg 44, 60439 Frankfurt, Deutschland
Druck: Libri Plureos GmbH, Friedensallee 273, 22763 Hamburg, Deutschland

Neue Folge des Archivs für Dermatologie und Syphilis.

Vierteljahresschrift

für

Dermatologie und Syphilis.

Unter Mitwirkung von

Prof. M'CALL ANDERSON, Prof. BAZIN, Dr. BERGH, Dr. BIDENKAP, Prof. BIESIADECKI, Dr. BURCHARDT, Prof. DUHRING, Prof. FRIEDREICH, Prof. GEBER, Prof. HEBRA, Prof. KAPOSI, Prof. KLOB, Prof. KÖBNER, Prof. LANDOIS, Prof. LANG, Prof. LEWIN, Prof. LIPP, Dr. LJUNGGREN, Dr. MICHAELIS, Prof. MOSLER, Prof. NEUMANN, Dr. OEWRE, Dr. PINCUS, Prof. REDER, Prof. RINDFLEISCH, Prof. v. RINECKER, Dr. SCHUSTER, Dr. SCHWIMMER, Prof. v. SIGMUND, Dr. SIMON, DDr. VEIEL, Prof. v. WALLER, Prof. WERTHEIM, Prof. WILSON, Prof. ZEISSL und anderen Fachmännern

herausgegeben von

Prof. Dr. F. J. Pick   und   **Prof. Dr. H. Auspitz**

Vorstand der Klinik für Hautkrankh. u. Syph. in   Director der allgemeinen Poliklinik in

P R A G   W I E N.

Vierter **1877.** Jahrgang.

(Der Reihenfolge IX. Jahrgang.)

Mit neun lithographirten Tafeln und drei Holzschnitten

Wien, 1877.

Wilhelm Braumüller

k. k. Hof- und Universitätsbuchhändler.

Originalabhandlungen.

Zur Lehre von den Metastasen

von

Dr. J. Caspary in **Königsberg**

in Preussen.

Als ich vor einer Reihe von Jahren Hebra's Lehrbuch der Hautkrankheiten zum ersten Male las, hatte ich den Eindruck, als sei die immer wiederkehrende Bekämpfung der alten Metastasenlehre mit gar zu grossem Eifer geführt. Eine ähnliche Empfindung hatte ich vor mehreren Jahren, als ich Hebra's Klinik und die Vorlesungen seiner Schüler besuchte. Von vorzugsweise chirurgischen Studien herkommend glaubte ich die Nothwendigkeit der örtlichen Behandlung der Hautausschläge, Geschwüre, Fisteln allerwärts anerkannt, und dass man sich allseitig um möglichst schnelle Beseitigung solcher Leiden bemühe. Aber ich überzeuge mich immer mehr, dass ich im Irrthume gewesen bin, wenn ich die alte Metastasenlehre, von der ich in der Schule kaum etwas gehört hatte, für abgethan hielt. Eine ganze Anzahl mir hochachtbarer Collegen fand ich bei gelegentlichen Besprechungen durchaus abgeneigt, impetiginöse Ekzeme des Gesichts und Kopfes kleiner Kinder einem örtlichen Heilverfahren zu unterziehen. Nachdem ich ferner angefangen hatte, darauf zu achten, traf ich in der neuesten Literatur vielfache Behauptungen ähnlicher Art, von Autoren ausgehend, deren Namen überall respectirt werden. Ja ich fand — mit einer Art Schrecken — von beachtenswerthester Seite die ganze Metastasenlehre mit ihrer Furcht vor Phthisis-Entstehung nach Fistelheilung, mit ihrem Rath zu Fontanellbildung nach Schluss alter Geschwüre, wieder als mindestens discutirbar, wahrscheinlich aber als wohlberechtigt dargestellt.

Je öfter ich auf Behauptungen für und wider die alte Versetzungslehre stiess, um so mehr stieg mein Interesse für ihre praktische und theoretische Bedeutung, und um so erlaubter erschien mir der Versuch einer kurzen Zusammenstellung über den heutigen Stand der Frage. Ich habe nicht entfernt die Prätension, eine historisch-kritische Abhandlung geben zu wollen, nur skizzenhaft denke ich darzulegen, was ich bei den verschiedenen Autoren Verschiedenes gefunden habe; zum Schluss das „Für" und „Wider", soweit ich es vermag, zu erwägen; vor Allem aber die Aufmerksamkeit auf die vielleicht von Vielen unbemerkte Auferstehung zu lenken.

Die Lehre von den Metastasen ist so alt wie die Geschichte der medicinischen Theorien, und es möchte wohl lohnend sein, den Wandel derselben durch die einzelnen Systeme der Pathologie zu verfolgen. Ich glaube, dass ein gutes Stück Geschichte der Medicin sich auf diese Weise recht anschaulich deduciren liesse. Die Materia peccans, das Crudum et Intemperatum der Hippokratiker kehrte in allen humoralpathologischen Systemen wieder. Ob das $\vartheta\varepsilon\tilde{\iota}o\nu$ des Hippokrates, ob der Archäus des Paracelsus, ob die Vis vitalis der naturphilosophischen Schule im Kampfe gegen die Schärfen sich ungenügend erwies, und deren mangelhafte Entleerung nach aussen zu Versetzungen auf edlere Organe führte — immer war es, um einen Ausdruck Henle's zu gebrauchen, die alte Fabel, nur die Figuren wechselten. Was man hier durch Zurückhaltung einer pathischen, dem Organismus verderblichen Materie nach Versiegen einer Ausscheidungsstelle oder durch Ueberführung eines bereits abgelagerten Krankheitsproducts von einem Ort zum andern entstehen liess, führten die Neuropathologen auf Sympathie und Antagonismus zurück.

Aber ich kenne die alten Systeme und Anschauungen nicht aus den Quellen; und ich fühle mich nur soweit zum Referiren berechtigt, als ich Specialwerke hervorragender Autoren habe durchsehen können. Ueberdies musste ich mich beschränken, wollte ich bei dem überall vorfindlichen und doch immer nur nebenbei behandelten Material meinen Ausgangspunkt: die Zulässigkeit der örtlichen Dermatiatrik nicht aus dem Auge verlieren. Der Schöpfer der energischen Localbehandlung der Hautkrankheiten ist **Hebra**. Mir kam es zunächst darauf an, die Ansichten von Autoren kennen zu lernen, die nicht lange vor ihm oder gleichzeitig in Geltung waren. Um nicht lange umherzusuchen, entschloss ich mich, aus meiner Büchersammlung in erster Linie die Werke berühmter Chirurgen darauf hin zu durchsuchen. Ich beginne mit einem Citat aus den „Anfangsgründen der Wundarzneikunst“ des grossen **August Gottlieb Richter** (Göttingen 1799—1804. 3. Auflage, Bd. I. S. 484): „Vorzüglich empfiehlt man bei der Kur alter Geschwüre grosse Behutsamkeit. Die Natur, sagt man, hat sich an den Ausfluss durch dieselben dergestalt gewöhnt, dass nach Heilung derselben oft fürchterliche Zufälle, Schwindsucht, Schlagfluss, Stickfluss und mancherlei andere Krankheiten entstehen, welche nach Verstopfung natürlicher Ausleerungen zu entstehen pflegen. Dies mag nun wohl der Fall wirklich zuweilen sein; indessen ist es sehr wahrscheinlich, dass diese Geschwüre, wenn sie einzig und allein von örtlichen Ursachen herrühren, so alt sie auch sind, dreist geheilt werden dürfen, und dass nach der Heilung durch äussere Mittel nur dann üble Zufälle erfolgen, wenn das Geschwür von inneren Ursachen herrührt, worauf bei der Kur nicht Rücksicht genommen worden und welche nun folglich nach anderen Theilen hinwirken. Da nun diese inneren Ursachen oft sehr verborgen sind, ist es immer rathsam, ehe man die Kur eines solchen Geschwüres übernimmt, ein künstliches Geschwür an einen bequemen Ort zu legen, um die Wirkung der inneren Ursache, falls eine da ist, nach Heilung des Geschwüres dahin zu lenken.“ In ähnlich massvoller Weise spricht sich **Richter** bei den Mastdarmfisteln u. s. w. aus, in wohlthuendem Gegensatz gegen die gleich zu nennenden Chirurgen; die Entstehung von Geschwüren nach zurückgetriebenen Hautausschlägen, vornehmlich der Krätze, des bösen Kopfes und der Flechte (Ibidem S. 471) spielen auch bei ihm eine Rolle.

Viel schroffer sind die Ansichten von **Joh. Nepomuk Rust**. Ich sehe ganz von seiner Helkologie ab und wähle von vielen bezüglichen Stellen eine aus den „Aufsätzen und Abhandlungen aus dem Gebiete der Medicin, Chirurgie und Staatsarzneikunde“ (Berlin 1836. Bd. II. S. 450), einem der letzten und bedeutendsten Werke Rust's. „Noch viel seltener als (After- und Thränen-)

Fisteln lässt sich die Flechte — sie erscheine nun als blosse Hautkrankheit (impetigo) oder unter der Form eines Geschwürs — als örtliches Leiden ansehen, da ihr Verschwinden von der Oberfläche des Körpers, sei es nun in Folge äusserer, zweckwidrig angewandter Arzneimittel oder zufälliger Einwirkungen nicht ungestraft zu geschehen pflegt. Ja, das Verschwinden eines Flechtenübels in Folge der rationellsten ärztlichen Behandlung ohne alle Anwendung örtlicher Mittel ist nicht selten von sehr übeln Folgen für den Gesammtorganismus. Ich habe nicht allein anhaltende Kränklichkeiten aller Art, sondern auch Zehrfieber, Brustwassersucht, Blindheit, Taubheit, Epilepsie, Schlagfluss etc. hierauf erfolgen und wieder verschwinden sehen, wenn man so glücklich war, die Flechte wieder hervorzurufen." Ich will doch noch hinzufügen, dass Rust an derselben Stelle (ausser den Carcinomen) folgende Uebel der rein chirurgischen Behandlung entziehen will, weil sie in der Mehrzahl der Fälle blos äussere Reflexe von Allgemeinleiden seien: die Pterygien, Atherome, Hydrocelen, Warzen, Muttermäler etc. Er schliesst die Abhandlung mit den Worten: Man beherzige den Satz: Nicht alles will kurirt sein!

Ich unterlasse es, aus dem „Theoretisch-praktischen Handbuch der Chirurgie in alphabetischer Ordnung, unter Mitwirkung eines Vereines von Aerzten, herausgegeben von Joh. N. Rust" (Berlin u. Wien 1830—36) Auszüge über das Zurücktreten von Hautausschlägen (Bd. VIII. S. 228), über Fistula ani (Bd. VII. S. 150) zu geben, da sie den Ansichten Rust's identisch sind. Aber ich habe Grund, einen kleinen Theil des von dem berühmten Historiker der Medicin J. Fr. K. Hecker gelieferten Artikels über Metastasis (Bd. XII. S. 30) wiederzugeben. „Metastasis, die Versetzung, ist ein uralter pathologischer Begriff für die Uebertragung einer Krankheit auf ein vorher nicht afficirtes Organ, wonach das frühere Leiden entweder ganz verschwindet, oder wenigstens verringert wird. Die Verhältnisse bei diesem Vorgange sind bei der grossen Mannigfaltigkeit der Krankheiten sehr verschiedenartig. Denn bald entscheidet sich irgend ein Allgemeinleiden durch eine örtliche Affection, wie z. B. ein entzündliches Fieber durch einen Abscess in der Wade, oder ein örtliches Leiden geht in ein anderes in einem entfernten Theile über, wie z. B. eine Parotitis in eine Hodenentzündung, oder ein Tripper in eine Augenentzündung, oder eine traumatische Entzündung am Kopfe macht Leberabscesse u. s. w. Will man den Begriff der Metastase ganz weit ausdehnen, so gibt es fast in jeder Krankeit metastatische Erscheinungen, herbeigeführt durch consensuelle und antagonistische Regungen, welche entweder stellvertretende Absonderungen herbeiführen, oder auch innerhalb der Grenzen dynamischer Affectionen in den Nerven und Gefässen ohne wesentliche materielle Veränderungen stehen bleiben. . . Die häufigsten metastatischen Erscheinungen, welche dem praktischen Arzte vorkommen, sind ohne Zweifel die Hautausschläge, vornehmlich die acuten; doch stehen auch die meisten chronischen, vorausgesetzt, dass sie sich durch ein inneres Allgemeinleiden herausbilden, und nicht blos von aussen gekommene Localaffectionen der Haut sind, wie z. B. die Krätze, in derselben Kategorie. . . . Arthritische und selbst syphilitische Exantheme sind offenbar metastatischer Natur und leiten zuweilen das innere Uebel auf eine sehr erwünschte Weise nach der Haut hin ab. Auf dieser metastatischen Natur der Ausschläge beruht sogar der sehr glückliche Erfolg der Ableitungen auf der Haut, Blasenpflaster, Brechweinsteinsalbe, rothmachende Mittel etc., deren Wirkungen man erzwungene Metastasen nennen kann — mit einem Worte die ganze ableitende Methode; denn was an den Metastasen die Natur bewerkstelligt, das thut in dieser der Arzt auf sehr verschiedenartige Weise."

Philipp v. Walther hat in seinem System der Chirurgie (Berlin, später Freiburg in Breisgau 1833—52) der „Psorophthalmie" ein eigenes Capitel gewidmet (Bd. III, Cap. XV). Er versteht darunter eine eigenthümliche Form der Blepharitis marginalis und ciliaris; sie habe eine specifische Natur, insoferne sie allezeit dyskrasisch bedingt sei. Aber sie habe nicht gerade den psorischen Charakter, sie komme zwar bei Krätzigen, aber nicht bei allen, und auch bei Menschen vor, die nicht an der Krätze, sondern an anderen chronischen Hautausschlägen, an Herpes, an der Kinnflechte, an Kopfgrind, an Crusta serpiginosa etc. leiden oder früher daran gelitten haben; sie stehe mit Fussgeschwüren, besonders wenn diese nach langem offenem Bestande zugeheilt worden sind, in ursächlichem Zusammenhange u. s. w. . . . Klarer ist Walther's Angabe über den Nutzen von Geschwüren (Bd. I. S. 103). „Die Helkose ist auch in vielen Fällen heilsam.

Bei tiefer eingewurzelten Krankheiten hat die Natur öfters mit Krankheitsstoffen zu kämpfen, welche sie nicht vollkommen subigiren und ebensowenig durch die bestehenden Excretionsorgane vollständig eliminiren kann. Um die Zahl der letzten zu vermehren, sie in ihrer Wirksamkeit zu unterstützen, zu erleichtern, für die unthätig gewordenen zu vicariren, ebenso um andere schon früher bestandene, jetzt stockende krankhafte Secretionen und Ausscheidungen, Blennorrhöen, partielle fötide Schweisse, heilsame Blutungen zu ersetzen, legt sie durch eingeleitete ulceröse Entzündung ein neues Secretionsorgan im äusseren dermatischen Systeme an, durch welches oft sehr reichlich überflüssiger Bildungsstoff und der Qualität nach fehlerhafter Krankheitsstoff ausgeschieden wird. — Auch abgesehen von diesem inneren pathogenetischen Verhältnisse ist zu bemerken, dass selbst ursprünglich rein local bedingte, aber chronische und zur Gewohnheit gewordene Geschwüre an der äusseren Oberfläche in eigenthümliche Wechselbeziehungen zu dem Gesammtorganismus überhaupt, und insbesondere zu den einzelnen inneren Secretionsorganen treten. Fliesst das Geschwür reichlich, so ist öfters eine oder die andere natürliche Absonderung sparsam oder ganz unterdrückt — und umgekehrt kann die Helkose auch auf solche Weise bei einmal stattfindendem langwierigem Bestande zur Erhaltung einer relativen allgemeinen Gesundheit nothwendig werden, und die plötzliche künstliche oder freiwillige Geschwürsaustrocknung als Ursache und als Zeichen entweder die schädlichsten Wirkungen hervorbringen, oder prognostisch von schlimmer Bedeutung sein."

Als last, not least in der Reihe der älteren Chirurgen sei hier noch Dieffenbach erwähnt. In seiner operativen Chirurgie (Leipzig 1848. Bd. II. S. 676) heisst es: „Die Operation der Mastdarmfisteln darf nur dann unternommen werden, wenn die Mastdarmfistel nicht Reflex eines Brust- oder Unterleibsleidens ist, sondern auf einer örtlichen Disposition beruht. Immer ist zuvor eine allgemeine auflösende, abführende Behandlung einzuleiten, da eben durch Vernachlässigung einer allgemeinen Vorkur leicht lebensgefährliche Brust- oder Unterleibskrankheiten entstehen. Am verwerflichsten aber ist jede Operation der Mastdarmfistel, wenn durch ihre Entstehung andere Krankheiten gehoben oder erleichtert wurden.

Von Internen sei zunächst C. W. Hufeland angeführt, dessen Eklekticismus auch bei der Besprechung der chronischen Exantheme klar zu Tage tritt. Er sagt (Enchiridion medicum. Berlin 1836. 2. Aufl. S. 519): Die Haut ist das allgemeinste, stärkste Secretions- und Reinigungsorgan des Organismus, das sehr leicht zu Ablagerung von nachtheiligen inneren Krankheitsstoffen dienen kann und dazu häufig von der Natur benutzt wird. Sie steht durch die Nerven in der allgemeinsten und genauesten Verbindung mit dem ganzen Organismus, so dass sie durch Reizungen aller inneren Theile krankhaft afficirt werden kann. Entferntere Ursachen der chronischen Exantheme sind u. A. schlechte Diät, der häufige Genuss scharfer, salziger, geräucherter verdorbener fetter Nahrungsmittel, des Käse, der hitzigen Getränke, aber auch der zu reichlichen Nahrung, die Ueberfüllung des Körpers mit Säften, wodurch nicht blos Cruditäten der ersten Wege, sondern auch der zweiten, d. h. nicht gehörig verarbeitete und assimilirte Stoffe im Blute entstehen, welche dann als Schärfen in der Haut abgesetzt werden, ferner (sind Ursachen) Metastasen auf der Haut durch Unterdrückung anderer Secretionen, des Darmkanals, der Leber, der Nieren, der Menstruation, der Hämorrhoiden, oder krankhafte Ausscheidungen und Krisen, der Schleimflüsse, der Gichtkrasen, der Ruhr, der Wechselfieber. . . . . Bei lange dauernden Hautkrankheiten tritt noch eine Ursache hinzu, welche die Hartnäckigkeit des Uebels begründet, die Gewohnheit. Die Natur hat sich am Ende daran gewöhnt, es ist ein Abscheidungsorgan geworden, in welches sich die krankhaften Stoffe ablagern, und was nun in die Reihe der nothwendig gewordenen Secretionen gehört.

In „Schönlein's allgemeiner und specieller Pathologie und Therapie, nach dessen Vorlesungen niedergeschrieben und herausgegeben von einigen seiner Zuhörer. 4. Aufl. St. Gallen u. Leipzig 1839" finden sich die Metastasen des Breitesten besprochen. Ich hatte Anstand genommen, die darin niedergelegten Ansichten als die damaligen Schönlein's anzusehen, weil Virchow in seiner Gedächtnissrede auf Letzteren die Zuverlässigkeit der Herausgeber bestreitet, aber ich finde das Werk (nur eine spätere Auflage, als die in meinem Besitze befindliche) vielseitig citirt, so von Waldenburg, Thomas u. A. Ich excerpire eine kurze Notiz (aus Theil III S. 6) „Die älteren Aerzte, ihrer Ansicht vom Wesen der Impetigines gemäss, haben immer als einen Grundsatz ihrer Pathologie aufgestellt, dass nach Vertreibung impetiginöser Formen, Befallen innerer Organe eintritt. Anders die neuere Schule, die in der Zerstörung gar keinen Nachtheil, ja in derselben und zwar in der möglichst schnellen Vernichtung die einzige Heilaufgabe zu finden glaubt. Befragt man dagegen die Erfahrung, so zeigt sie in der niederen Volksklasse namentlich eine Menge chronischer Krankheiten nach, als deren Ursache vertriebene Hautausschläge angesehen werden müssen. Autenrieth hat das Verdienst dieses Nachweises (in einem klassischen Werke über die Krätzkrankheiten gibt er die Zahl der jährlichen Todesfälle durch unterdrückte Krätze allein im kleinen Königreich Württemberg auf 12000 an). Die Nachkrankheiten in Folge des Vertreibens sind Entzündungen (Meningitis, Peritonitis, Pleuresie, Carditis impetiginosa etc.) und Tuberculose. Welches Organ befallen werde, scheint einmal von der impetiginösen Form abzuhängen. Einzelne Formen z. B. Scabies befallen fast alle Gebilde; andere z. B. Herpes nur bestimmte, die Lunge oder was häufiger ist, den Magen. Häufiger als Haematosen sind Neurosen in Folge vertriebener Hautausschläge. Am seltensten wird das Gehirn befallen und wenn, vorzugsweise die vordere Partie, so entsteht eine eigenthümliche Form von Schwindel — Krätzschwindel — oder es kommt zur idiopathischen Epilepsie oder zu Amaurose" u. s. f. fast bis ins Unbegrenzte.

Zurückhaltender, aber doch ähnlichen Sinnes ist die Erklärung in Canstatt's Specieller Pathologie und Therapie (3. Aufl. von Henoch. Erlangen 1856. Bd. III. S. 857 u.ff.) zu einer Zeit gegeben, als Hebra's Lehren schon allbekannt waren. „Man verstand unter Metastasen der Hautkrankheiten das Verschwinden einer Hautkrankheit und die darauffolgende Entwicklung einer inneren Krankheit, welche man eben von dem Zurückweichen der Krankheitsstoffe von der Hautoberfläche nach innen abhängig machte und dadurch heilen wollte, dass man die versiegte Absonderung auf der Haut wieder hervorrief. Dass ein solcher Connex wirklich vorkommt, wird durch zahlreiche Thatsachen ausser Zweifel gesetzt, nur entspricht die früher übliche Erklärungsweise derselben, die schon durch die Entdeckung der Krätzmilbe einen argen Stoss bekam, nicht mehr dem jetzigen Stande der Wissenschaft. Chausit verwirft mit Recht die Annahme des Zurücktretens eines eigenthümlichen Krankheitsstoffes, wofür uns bis jetzt alle sicheren Beweise fehlen, und lässt die sogenannte Metastase nur durch Uebertraguug der krankhaften Thätigkeit auf dem Wege der Sympathie zu Stande kommen. .... Chausit macht darauf aufmerksam, dass im Allgemeinen die Symptome der sogenannten Metastase mit der Natur der vorausgegangenen Hautkrankheit übereinstimmen, dass z. B. nach dem Verschwinden einer Hautneurose, wie der Prurigo, nervöse Störungen in der Lunge (Asthma) oder im Magen (Cardialgie) entstehen, dass mit der Entzündung oder anderen Affectionen der Talgdrüsen nicht selten Störungen der Leberfunctionen abwechseln u. s. w. . . . . Offenerhalten und Betheiligung sämmtlicher Se- und Excretionsorgane ist eine der wichtigsten Hilfen in der Behandlung chronischer Hautentzündungen. Die evacuirende Methode, besonders durch Abführmittel, die man an den zwar nicht wissenschaftlich, aber empirisch gerechtfertigten Begriff einer den Hautkrankheiten eigenthümlichen Schärfe knüpft, hat von jeher in der Therapeutik dieser Affectionen eine grosse Rolle gespielt, und ist auch in der That von entschieden günstiger Wirkung. Auch das mit der äusseren Haut in inniger Wechselbeziehung stehende Harnsystem muss daher durch Diuretica angesprochen werden. Die Tinctura Cantharidum nimmt in dem Heilmittelschatze gegen Hautkrankheiten einen hohen Rang ein. . . Wenn der Ausschlag lange Zeit bestanden hat, mit beträchtlicher Reizung und Absonderung verbunden war, und man annehmen muss, dass sich vielleicht der Organismus gewissermassen daran gewöhnt habe und die Versiechung der pathologischen Secretion üble Folgen für das Gesammtbefinden nach sich ziehen könne, so ist es der Vorsicht gemäss vor der völligen Vertrocknung des Ausschlags eine oder mehrere Fontanellen anlegen zu lassen."

Aehnlich wie von Chausit ist auch von anderen Neuropathologen im Interesse des Systems die alte Metastasenlehre bekämpft worden. Es wird auch an einzelnen Stimmen nicht gefehlt haben, die aus Erfahrungsgründen oder von irgend welchen theoretischen Schlüssen ausgehend, die depuratorische Wirkung der Hautausschläge bezweifelten und Localbehandlung empfahlen. Sehen wir doch den alten Richter schon darauf hinweisen und vor den Ausschreitungen der Humoralpathologie warnen. Die anderen

Citate werden — wie ja auch zum grössten Theil die Richters selbst — beweisen, welche Ansichten bis zu Hebra die allgemein giltigen waren. Man nahm die meisten Ausschläge gleich dem Secret äusserer Geschwüre und Fisteln für ein Excret des mit Schärfen überladenen Blutes oder für eine günstige Ableitung von inneren Organen; nach dem „Verschmieren" durch ärztliche Kunst oder dem Zurücktreten durch Erkältung oder andere noch unbekanntere Verhältnisse war Allgemeinleiden oder Erkrankung innerer Theile zu gewärtigen. Verschwanden nässende oder eiternde Exantheme nach langem Bestande, so war noch die Verhinderung der habituellen Secretion zu fürchten, auch wenn man sich keine pathischen Stoffe im Blute zurückgehalten dachte. In allen Fällen war das Heil nur von dem Wiedererscheinen des Exanthems zu erwarten, daher man dieses hervorzurufen oder künstlichen Ersatz durch Fontanellen u. A. herzustellen suchte. Es ist nun sehr interessant zu verfolgen, wie Hebra in seinen früheren Publikationen sich anfangs schüchtern, dann immer schroffer gegen die Schulansichten, in denen er auch erzogen war, wendet. In der ältesten mir zugänglichen Schrift Hebra's (Med. Jahrbücher des k. k. österreichischen Staates. Wien 1842. Bd. 40. S. 86. Jahresbericht aus Skoda's Abtheilung für chronische Hautausschläge) behauptet er, mit ziemlicher Gewissheit schliessen zu können, dass nicht jede Krätze durch Ansteckung entstehe, ob jedoch dieser spontan sich entwickelnden Scabies nothwendig ein Leiden der ganzen Säftemasse zu Grunde liegen müsse, oder ob vielleicht eine eigenthümliche Beschaffenheit und krankhafte Thätigkeit des Hautorgans bei einwirkender schädlicher Potenz schon hinreiche, diese Uebel in bestimmten Fällen zu erzeugen und zu regeneriren, dieses sei eine andere noch unerörterte Frage. . . . Folgt die Erörterung, nach der Hebra es nicht für sehr gewagt hält, sich gegen die Annahme einer Dyscrasia psorica auszusprechen. — Aus dem Jahre 1845 stammt der Aufsatz: Ueber die richtige Diagnose der Hautkrankheiten (Zeitschrift der k. k. Gesellschaft der Aerzte in Wien Jahrgang I. Bd. II), in der der herpetischen Dyskrasie der Krieg erklärt und eine genaue Unterscheidung der dyskrasischen von den localen Hautkrankheiten gefordert wird. Darin heisst es (S. 338): „Wem es in den Sinn kommen sollte . . . Psoriasis . . . blos durch äusseres Verfahren heilen zu wollen, würde vergebens dem ersehnten Ziele entgegen sehen. — Endlich in den dermatologischen Skizzen (Ibidem Jahrgang III. Bd. I. 1846), in denen die ganze Metastasenlehre für eine Irrlehre erklärt wird, verweist Hebra (S. 355) Jeden, der sich über das Entstehen von Metastasen gründlich belehren will, auf Henle's Handbuch der rationellen Pathologie (Braunschweig 1846), das die praktischen Forschungen der physiologischen Schule zum Ausdruck bringe. Und was finde ich in der angezogenen Stelle? Unter anderen Folgendes (Bd. I. S. 345): „Jede Art von Sympathie und Antagonismus gibt zu Metastasen Gelegenheit; die Sympathie zwischen Parotis und Hoden, Uterus und Brüsten ist sogar hauptsächlich aus den Metastasen erschlossen, welche in Krankheiten von einem dieser Organe zum anderen vorkommen. . . . Ich muss noch die bedenklichen, einer näheren Erklärung bis jetzt unzugänglichen Zufälle erwähnen, welche nach Unterdrückung von Flechten und Fussschweissen, nach Heilung von atonischen Fussgeschwüren und Mastdarmfisteln entstehen. Die Absonderungen, welche durch die kranken Flächen geliefert wurden, sind zum Theile zu unbedeutend und die consecutiven Processe, am häufigsten Lungentuberculose zu sehr eigenthümlich dyskrasischer Natur, als dass man die letztere allein von der Vermehrung, d. h. von der aufhörenden Veränderung der Blutmasse herleiten könnte. Hier kann man nicht umhin, an die Zurückhaltung einer pathischen, dem Organismus verderblichen Materie zu denken, so erfolglos auch die Versuche, eine solche nachzuweisen, geblieben sind. . . . In der ganzen Reihe der bisher aufgezählten Metastasen findet sich noch keine, welche der Definition, wie sie die Humoralpathologie gibt, vollkommen entspräche. Das Gemeinsame ist zwar überall ein Ueberspringen des Krankheitsprocesses, aber nirgends findet das in der Art statt, dass die Gefässe ein bereits abgelagertes Krankheitsproduct von einem Ort zum andern transportirten. Ich will schliesslich die Möglichkeit eines solchen Vorganges nicht in Abrede stellen, jedoch scheint er sich nur unter seltenen Bedingungen wirklich zu ereignen." Für eine solche Bundesgenossenschaft wird sich wohl Hebra nicht lange danach schönstens bedankt haben.

Einen klaren Ueberblick über Hebra's Wirken und seine Lehre gibt sein grosses Werk über Hautkrankheiten (in Virchow's Handbuch der speciellen Pathologie und Therapie Band III.

Aufl. 2. Erlangen 1874—76 unter Kaposi's Mitarbeiterschaft
vollendet), seit dessen Erscheinen die Dermatologie eine andere
Gestaltung gewonnen hat. Aber was Hebra in der Lehre von den
Metastasen geleistet hat, ragt über den Rahmen der Dermatologie
hinaus; seltsam genug, dass der begeisterte Anhänger Rokitansky's,
selbst eine gefeierte Grösse der Wiener Schule, als Vorkämpfer
aufgetreten ist — für die Cellularpathologie. Der Weg, auf dem
Hebra dahin kam, alle psorischen, herpetischen, impetiginösen
Dyskrasien, alle Metastasen in dem damaligen Sinne der Versetzungslehre zu läugnen, liegt klar vor Augen. In den hochbe-
deutsamen dermatologischen Skizzen schildert er es selbst: „Wer
meine zu Anfang meiner dermatologischen Studien in's Leben gesetzten Ansichten über Hautkrankheiten (Med. Jahrb. 1842—44)
mit meinen später entwickelten (Zeitschr. der k. k. Gesellschaft
der Aerzte I. u. II. Bd.) vergleicht, der wird leicht einsehen, dass
ich anfangs in denselben Vorurtheilen und Theorien befangen war,
wie jeder andere Arzt. . . . Der herrschenden Meinung zufolge,
dass alle Hautkrankheiten dyskrasischen Ursprunges sind, suchte
man in den Laxanzen, im Antimon und anderen inneren Mitteln . . .
sein Heil, doch wie jeder praktische Arzt zu seinem Missvergnügen
oft genug erfahren haben wird — umsonst. Die Insufficienz nun
der sogenannten innerlichen Heilmittel bei Behandlung von chronischen Hautkrankheiten und nicht etwa Oppositionsgeist der
Neuerungssucht zwang mich, auf andere Wege zu sinnen, um zum
Ziele zu gelangen. Es widerstanden zwar viele Dermatosen lange
den therapeutischen Eingriffen, manche konnten gar nicht geändert
werden, andere kehrten kaum entfernt in kurzer Zeit wieder, aber
in keinem einzigen Falle unter 15000 sah ich je eine Metastase
einer chronischen Hautkrankheit, noch ein wegen Aufhören derselben in einem anderen Theile des Körpers entstehendes Leiden."
Weiter wird dann auch ausgeführt, worauf nach des Autors
Meinung der Irrthum der Lehre von den Metastasen chronischer
Ausschläge beruht, aber ich ziehe es vor, darüber eine noch prä-
gnantere Auslassung aus dem Lehrbuch (Abtheil. I. S. 60) hieher-
zusetzen: „In Folge von Anämie der Haut durch anomale Inner-
vation sehen wir beim plötzlichen Eintritt einer Ohnmacht vorhandene, durch Röthungen sich kundgebende Dermatosen verschwinden und bei rückkehrendem Bewusstsein wieder erscheinen;

aus demselben Grunde erblassen in der Agonie geröthet gewesene Hautstellen. Denselben Einfluss auf mancherlei Hautübel hat nun auch die vom Blutverluste herrührende Hautanämie, es mag dieselbe schnell durch Blutungen oder nur allmälig durch Consumption der Blutmasse entstanden sein. Darum schwinden chronische Hautleiden, wenn fieberhafte oder langwierige Erkrankungen des Gesammtorganismus, wie Pneumonie, Typhus etc. einen Säfteverlust veranlassten, und zwar geschieht dies in dem Maasse als die Allgemeinkrankheit vorschreitet. So hat man Gelegenheit zu beobachten, dass chronische Dermatosen mit acuten Erkrankungen innerer Organe alterniren, da jene auf die Dauer der letzteren schwinden und erst dann wieder zum Vorschein kommen, wenn die Reconvalescenz von dem innerlichen Uebel im Gange ist. Nie findet das umgekehrte Verhältniss statt, dass nämlich die Hautkrankheit früher schwindet, und dass das Erkranken der inneren Organe als Folge davon auftrete." (Ob wirklich Anämie der Haut immer das Mittelglied bildet? Auch bei Scarlatina und anderen acuten Exanthemen schwindet der früher bestandene chronische Ausschlag, während doch die Haut sicher hyperämisch ist. Ist es nicht vielmehr in vielen Fällen der Stoffhunger des Organismus, die Aufsaugung alles Resorbirbaren durch den lebhafteren Stoffumsatz, unter dem Mangel der Nahrungszufuhr? Wissen wir doch, dass es bei hungernden Thieren zu Resorption so lebenswichtiger Organe, wie Hoden und Leber kommen kann. [1]).

Hebra ging in der Verfolgung der Metastasenlehre noch weiter. Zunächst geschah es in Vertheidigung der eigenen Principien, wenn er das „Verschmieren," das Zurückdrängen durch örtliche Mittel darum für unmöglich erklärte, weil die Haut geeignet sei, medicamentöse Stoffe selbst bei unverletzter Epidermis aufzunehmen und dem Blute zuzuführen (Lehrbuch Abth. I. S. 34). Nun, einmal ist diese Behauptung heute schwer haltbar, aber es wäre auch gar nicht gelegen, wenn z. B. Bleipräparate, die Hebra mit so vielem Erfolge lange Zeit hindurch gebrauchen lässt, so das Ungt. Diachyl. bei Ekzem, zur Resorption käme. — Aggressiver ging Hebra von Früh an gegen „die so beliebte ätiologische Pandora-Büchse, genannt Erkältung" vor. Seiner Ansicht nach

---

[1] Lehrbuch d. Physiologie v. Grünhagen. Bd. I. Leipz. 1876. S. 415.

ist es besser, seine Unwissenheit in Bezug auf die Aetiologie einer Krankheit einzugestehen, als sich hinter nichtssagende, der Wissenschaft unwürdige Gemeinplätze, wozu vor Allem der Ausdruck Erkältung gehört, zu verschanzen, um den Satz „obscure obscurioribus dilucidare" bekräftigen zu helfen (Ibidem S. 459). Es wird wohl wenig Aerzte geben, die nicht im Stande wären, Fälle von Pneumonie, Synovitis, Tonsillitis oder andere mit Sicherheit auf zweifellose Erkältungen zurückzuführen, indem die Wirkung der Ursache unmittelbar folgte. Dass eine allgemeingiltige Erklärung nicht vorhanden ist, dass z. B. Bartels [1]) auf den Schaden der collateralen Fluxion für sich allein oder in Verbindung mit Veränderungen der Blutwärme hinweist; Seitz [2]) auf reflectorische, von den sensiblen Hautnerven ausgehende Vorgänge, kann an der Erfahrungsthatsache nicht irre machen.

Wie es Hebra daran lag, die Erkältung als eine oft beschuldigte Ursache des „Zurücktretens" von Exanthemen zu discreditiren, so sucht er auch eine andere Stütze der Metastasenfurcht, die ganze Lehre von der revulsiven Methode zu vernichten. In der energischen Bekämpfung der Vorstellungen von der Nothwendigkeit, früher bestandene Ausschläge zur Entlastung anderer Organe wieder herzustellen; Fontanellen anzulegen zur Ausscheidung von Blutschärfen oder als Ersatz für erloschene habituelle Secretion; hydropathisch erzeugte artificielle Ekzeme für kritische Ausscheidungen zu halten, geht Hebra so weit zu behaupten, dass es unmöglich ist, durch einen künstlich gesetzten Hautreiz eine im Gehirn, der Lunge, den Unterleibsorganen vorhandene Störung zu heben oder zu lindern (l. c. S. 447). „Obschon eine unbefangene Beobachtung und die Kenntniss des normalen Verlaufes von derlei Krankheiten gewiss niemals die in die Blasenpflaster gesetzte Hoffnung rechtfertigt, so ist dennoch die grosse Cohorte der alltäglichen Menschen von dieser Ausgeburt der Oberflächlichkeit nicht abzubringen, und es bleibt einer künftigen Zeit überlassen, diese aus der hippokratischen Medicin auf die Gegenwart vererbten Torturen in den Bereich der

---

[1]) Ziemssen's Handbuch der speciellen Pathologie und Therapie. Leipzig 1875. Bd. IX. 1 Hälfte S. 226.

[2]) Ibidem. Bd. XIII. 1. Hälfte S. 219.

Geschichte zu verweisen" (l. c. S. 679). Trotz dieser kräftigen Ansprache wird auch in diesem Punkte der Praktiker nicht folgen wollen, wenngleich auch hier die theoretischen Arbeiten (O. Naumann[1]), Heidenhain[2]), L. Jacobson[3]) u. A.) zu keinem entscheidenden Resultat geführt haben[4]).

Dasselbe gilt von den bei Störungen der Menstruation und periodischen Hämorrhoidalflusses eintretenden Blutungen aus Wunden, Geschwüren, u. s. f., deren Vicariren von Hebra durchaus geläugnet wird. Schröder[5]), Leube[6]), C. O. Weber[7]) um einige Gewährsmänner der Gegenansicht anzuführen, vertreten wohl den allgemeiner gültigen Standpunkt.

Aber diese Abweichungen sind unbedeutend gegenüber den grossen Errungenschaften, die wir der genialen Beobachtungsgabe Hebra's auch in dem Gebiete der Metastasenlehre verdanken oder zu verdanken glauben durften. Die dunklen Existenzen der psorischen, herpetischen, impetiginösen Dyskrasien schienen definitiv beseitigt; die Lehre von den Versetzungen durch Hebra's dermatriatische Erfolge und durch die Umkehrung des bis dahin angenommenen Causalnexus auf's äusserste erschüttert. Wie schon erwähnt, in neuer Zeit scheint die Furcht vor Metastasen wieder reger zu werden, und wie in der Wissenschaft auch in der Kunst eine Umkehr zu fordern.

Ein Hauptangriff wendet sich, wie von Alters her, wieder gegen die Localbehandlung des impetiginösen Ekzems an Kopf und Gesicht der Kinder. F. v. Niemeyer (Lehrbuch der spec. Pathologie und Therapie 7. Aufl. Berlin 1868. Bd. II. S. 480) hält in solchen Fällen eine energische örtliche Therapie für unerlaubt oder doch für vermessen. Die Thatsache, dass nach dem Verschwinden derselben sich oft Bronchialkatarrh, Croup, Hydro-

---

[1]) Prager Vierteljahresschrift Bd. 77 u. 93.

[2]) Pflüger's Archiv für Physiologie Bd. III u. V.

[3]) Virchow's Archiv für path. Anatomie Bd. 67.

[4]) So auch Nothnagel, Handbuch der Arzneimittellehre. 2. Aufl. Berlin 1874. Artikel Canthariden.

[5]) Ziemssen's Handbuch u. s. w. Bd. X. S. 307.

[6]) Ibidem Bd. VII. 2. Hälfte S. 161.

[7]) Pitha — Billroth's Handbuch der allgemeinen und speciellen Chirurgie. Bd. I. Erlangen 1865. S. 519.

cephalus entwickeln, sowie die Thatsache, dass zuweilen, wenn jene Ausschläge auftreten, langwierige Bronchialkatarrhe u. s. w. schnell verschwinden, sei nicht in Abrede zu stellen. Ebenso sei bei allen denjenigen Ekzemen erwachsener Personen, welche anscheinend vicarirend für andere während des Auftretens der Ekzeme verschwundene Leiden entstanden sind, eine örtliche Behandlung contraindicirt. Ihm (Niemeyer) fehle der Muth, Ekzeme während deren Entwicklung eine lange bestehende Ophthalmie, eine chronische Verdauungsstörung oder ein anderes ernsthaftes Leiden verschwunden sei, örtlich zu behandeln. — Ganz ähnlich spricht sich Charles West aus (Pathol. und Therapie der Kinderkrankheiten. 5. Aufl. von E. Henoch. Berlin 1872. S. 319). „Ich muss noch der häufig bei zahnenden Kindern auftretenden ekzematösen und impetiginösen Ausschläge im Gesicht und auf der behaarten Kopfhaut erwähnen. Das alte Vorurtheil, dass Hautkrankheiten in diesem Alter gesund seien und nicht vertrieben werden dürfen, hat wohl etwas Wahres für sich. Fälle, in denen nach dem plötzlichen Verschwinden eines Kopfausschlages während der Dentition, Convulsionen oder andere Symptome von Gehirnaffection eintraten, sind in der That nicht selten. Man darf diese Ausschläge daher nur durch die mildesten Mittel zu entfernen suchen und muss jedem Anzeichen von Gehirnaffection auf das Sorgsamste entgegenarbeiten. Oft bemerkt man beim Fortschreiten der Heilung das allmälige Auftreten von Symptomen anderer Krankheiten. Dann ist es besser, das locale Uebel lediglich in gewissen Schranken zu halten, als die völlige Heilung erzwingen zu wollen, wodurch vielleicht bedeutendere Krankheiten hervorgerufen werden könnten." — Des berühmten Handbuchs der Kinderkrankheiten von Barthez und Billiet (2. Aufl. Aus dem Franz. von Dr. Hagen, Leipzig 1855. Bd. II. S. 94) will ich nur beiläufig erwähnen, weil es älteren Datums ist, die darin angeführte und angenommene Ansicht Trousseau's gar vom Jahre 1844. Auch hier wird die Möglichkeit eines „Zurücktretens" im alten Sinne angenommen, aber nur in dem Falle von Localbehandlung abgerathen, wenn unter dem Ausbruch der Ausschläge die Gesundheit eines vorher leidenden Kindes sich gebessert hat. — Henoch (Beiträge zur Kinderheilkunde. Neue Folge. Berlin 1868 S. 217) ist durch zwei Fälle, in denen nach künstlicher oder

spontaner Heilung eines Ekzema impetigin. capitis kleiner Kinder
Pleuritis resp. Bronchitis eintrat und mit Reconvalescenz das
Hautleiden sich herstellte, wieder zu der Ansicht gelangt, dass
Metastasen von der Haut nach inneren Organen wohl vorkommen
mögen; und seither auf der Hut, Ausschläge von sehr langer
Dauer sofort durch Localmittel zu coupiren. — In Bezug auf das
Zurücktreten des Exanthems bei Masern und Scharlach habe ich
einige Angaben von Thomas zu notiren. Gelegentlich der Besprechung der Masern (Ziemssen Bd. II. Leipzig 1874. S. 41)
sagt derselbe: „Vielleicht hat auch zur Erklärung einzelner Fälle
wahrer Recidivmasern die Annahme Meissner's, dass es sich
um eine zeitweilige Unterdrückung (Metastase) und späteres
Wiedererscheinen des krankhaften Processes handle, einige Be-
rechtigung. So beobachtete Brückmann einen Knaben, der nach
normalem Ablauf der Masern einen äusserst heftigen Stickhusten
bekam, welcher über vier Wochen lang anhielt und erst nach
einem zweiten Ausbruch der Masern, der in gewöhnlicher Weise
stattfand, verschwand." Gelegentlich des Scharlach (S. 288): „Bei
zögernder Eruption gelingt es manchmal durch Senfteige und
Speckeinreibungen dieselbe zu beschleunigen, Diaphoretica können
bei mässigem Fieber ebenfalls versucht werden. Ein allzu rasch
erbleichendes Exanthem wird manchmal durch die gleichen Mittel
noch einige Zeit auf der Haut erhalten; man versuche es jedenfalls, wenn sich gefährliche Zufälle einzustellen drohen. Erscheinen
solche aber wirklich und genügen diese leichteren Methoden nicht,
so zögere man nicht mit energischeren Eingriffen. Von äusseren
Mitteln eignen sich hiezu nach Wunderlich das warme Bad,
die warme und heisse Uebergiessung, die einfachen heissen und
sinapisirten Kataplasmen, die hydrotherapeutische Einpackung, die
kalte Begiessung mit nachfolgendem Einhüllen in warme Tücher;
von inneren Mitteln sind die diaphoretischen Infusa, Ammoniak
und Moschus zu verwenden. Max Langenbeck lobt den Gebrauch
des heissen Bügeleisens in Verbindung mit einem Senfbad und
einer Einpackung zum Schwitzen." Ich kann es mir doch nicht
versagen, an dieser Stelle auf denselben F. v. Niemeyer (l. c.
Bd. II. S. 603) zu verweisen, dessen Warnung vor Localbehandlung der Kinderekzeme oben angeführt ist. Niemeyer nennt das
Aufstellen einer auf „Wiederhervorrufen des Exanthems gerichteten

Intention ebenso unwissenschaftlich wie gefährlich; das Zurücktreten sei eben die Folge, nicht die Ursache innerer Erkrankung.
— Nach dieser Abschweifung gehe ich wieder zur Anführung der
Gegner. Röhrig (die Physiologie der Haut. Berlin 1876. S. 69)
findet es bedauerlich, dass wir für die aus der plötzlichen Unterdrückung des hervorbrechenden Schweisses unmittelbar resultiren-
den Krankheiten noch immer keine andere genügende Erklärung
haben, welche uns die alte Anschauung von gewissen im Blute
zurückgehaltenen, chemisch zur Zeit noch unbekannten schädlichen
Substanzen vergessen liesse. „Die Behauptung Hebra's von der
Unschädlichkeit rascher Beseitigung der chronischen Hautkrankheiten, denen auch die localen Schweisse zuzuzählen sein dürften,
erledigt die Sache keineswegs, indem dieser Ansicht gegenüber
die entgegengesetzte von sehr erfahrenen Praktikern, von Fischer
in Köln, Ditterich in München und vielen Anderen ebenso viel
Achtung verdient. Letzterer hat noch vor einigen Jahren nieder-
gelegt, dass er sich des alten Vorurtheils nicht schäme, nachdem
er sich namentlich deutlich davon überzeugt, dass sein Vater an
den Folgen der im Publikum so sehr gefürchteten Unterdrückung
habituell gewordener localer Schweissabsonderung zu Grunde ge-
gangen sei." Einen noch prägnanteren Beweis für einen im Schweiss-
secret enthaltenen Stoff, dessen Retention im Blute schon in mi-
nimalen Spuren den Organismus stark erschüttern könne, liefert
nach Röhrig ein von ihm angestelltes Experiment. Nach Injection
von Schweiss (von Röhrig's eigenem Körper) in eine Halsvene
eines Kaninchens sah er lebhaftes Fieber eintreten. — Eine grosse
Bedeutung für die Metastasenfrage müssten die Knoten und Geschwüre der Leprösen haben, bei denen selbst Virchow (die
krankhaften Geschwülste Bd. II. Berlin 1864—65. S. 508) ge-
neigt ist, auf die Anwesenheit gewisser Acrimoniae im Blute, also
auf eine Dyskrasie (wenn auch nicht auf eine permanente) zu schliessen. Die Ansicht Rust's, dass man Geschwulstbildungen als Allgemeinleiden aufzufassen und nicht chirurgisch anzugreifen habe,
blieb bald nur für die malignen Neubildungen in einiger Geltung.
John Simon, einer der geistreichsten modernen Pathologen
(Virchow l. c. Bd. I S. 45) betrachtete die Krebsgeschwulst
als ein neugebildetes Secretionsorgan, welches aus den circuliren-
den Säften die schädlichen Stoffe ausziehe und so das Blut depurire,

daher die Exstirpation einer solchen „eliminativen“ Geschwulst schädlich sei. Die Hinfälligkeit dieser Theorie ist durch den Schöpfer der Cellularpathologie dargethan. Nun behaupten die eminenten Praktiker Danielssen und Boeck (Bergmann: die Lepra in Livland. Petersburg 1870. S. 40): „So lange die aus dem Zerfall der Knoten hervorgegangenen Geschwüre forteitern oder fortjauchen, fühlt sich Patient relativ wohl; sowie sie aber in Heilung übergegangen sind, stellen sich Fieber, tiefes, schweres Leiden, Consumtion und Hektik mit ihren Gefahren ein. Das schwere fieberhafte Allgemeinleiden kann den Kranken sofort verderben, oder es wird ihm noch Rettung. Dieselbe wird ihm nur dadurch, dass aufs Neue eine Flecken- oder Knoteneruption geschieht, mit deren Wiederauftreten das Fieber schwindet und eine Periode relativen Wohlseins folgt.“ Die Erfahrungen Bergmann's in der genannten Schrift sind denen Danielssen's und Boeck's entgegengesetzt (nicht conform, wie Kaposi in Hebra's Lehrbuch Th. II. S. 400 u. 434 angibt). Bergmann's Kranke mit tuberöser Lepra boten nicht gerade weit vorgeschrittene Krankheitserscheinungen, daher B. kein Urtheil über die Bedeutung der Geschwüre in späteren Stadien abgeben mag. Aber die Ulcerationen in früheren Perioden der Krankheit heilten ohne irgend welche schlimmen Folgen; einen Wechsel zwischen relativem Wohlsein mit Knoten und Geschwüren, und schwerem Kranksein ohne solche Affectionen hat B. nicht beobachtet; Ekzeme an Leprösen, die Danielssen und Boeck auch für depuratorisch und für ein Noli me tangere erklärten, hat B. rasch und total ohne ungünstige Folgen beseitigt. Und so erwähnt er auch bei der Besprechung der örtlichen Therapie der Lepra der Befürchtungen von Danielssen und Boeck mit keinem Worte, sondern er erklärt die Exstirpation von Knoten für ungefährlich und sucht die Geschwüre zu heilen.

In ein ganz anderes Gebiet, das an die alte Auffassung von Sympathie und Antagonismus erinnert, führen die folgenden Angaben. Nothnagel (Ziemssen l. c. Bd. XII. 2. Hälfte. S. 270) erklärt es für constatirt, dass epileptische Anfälle heftiger und häufiger auftreten, wenn ein etwa bestehender Hautausschlag verheilte und verschwanden beim Wiedererscheinen des Exanthems; diese und analoge Verhältnisse seien stets zu berücksichtigen.

Döllinger (nach Rigler bei Ziemssen Bd. IV. 2. Hälfte S. 258) behauptet, dass das in heissen Ländern häufiger vorkommende Asthma oft durch zurückgetriebene Flechten verursacht werde und sehr häufig nach dem Verschwinden von herpetischen Affectionen erscheine. Waldenburg (die locale Behandlung der Krankheiten der Athmungsorgane. 2. Aufl. Berlin 1872. S. 484) theilt mit, dass er zum Oefteren bei Personen, die zu Hautausschlägen disponirten, eine Art des essentiellen Asthma beobachtet habe. Es scheine ihm fast sicher, dass hier eine gewisse Wechselwirkung oder Verbindung zwischen dem Hautexanthem (Ekzem, Psoriasis, Lichen) und dem Asthma bestand und er möchte die Ansicht der Alten, die einen solchen Connex statuirten, einer aufmerksamen Beobachtung empfehlen. Vielleicht thäte man gut, diese Affection als Asthma herpeticum zu bezeichnen. (Seltsam und doch wohl wenig die Theorie unterstützend ist nun die Empfehlung des Arsenik, gegen dessen Wirkung ja auch gerade die genannten Ausschlagsformen sehr empfänglich sind. So sagt denn auch Waldenburg, nachdem er den günstigen Einfluss auf das Asthma hervorgehoben hat, dass in dem Falle gleichzeitigen Hautleidens, sich dieses (entweder) gleichfalls unter der Arsenikbehandlung besserte (oder durch Verschlimmerung zum Aussetzen des Mittels nöthigte).

Aber alle diese bisherigen metastasenfreundlichen Angaben werden weit überholt durch die früheren Auslassungen Waldenburg's in seinem Buche: die Tuberculose, die Lungenschwindsucht und Scrophulose. Berlin 1869. S. 509: „Die Unterdrückung von Absonderungen, die Heilung alter Geschwüre etc. als Ursache der Phthisis und Tuberculose wird von den Neueren nicht nur geläugnet, sondern als Fabel belächelt. Und doch haben die früheren Autoren bis zum Anfang unseres Jahrhunderts, die bedeutendsten und erfahrensten mit eingeschlossen, diesen Zusammenhang gelehrt. Mit welchem Rechte glauben wir über die Beobachtungen der Alten, über die Erfahrungen von Jahrtausenden mit solcher Leichtigkeit oder Leichtfertigkeit hinweggehen zu dürfen? Trauen wir Männern, wie F. Hoffmann, de Haën, Portal, Autenrieth, Schönlein und hundert Anderen wirklich so wenig echte Beobachtungsgabe und logische Urtheilskraft zu, dass sie den Fehler des post hoc ergo propter hoc nicht hätten vermeiden können? Man behauptet, die Alten wären von der Metastasenlehre so befangen gewesen, dass ihr richtiges Urtheil dadurch verdunkelt wurde. Aber, müssen wir im Ernst fragen, waren die Alten etwa mehr von dem Wahne der Metastasenlehre befangen, als wir Skeptiker es waren von dem Wahne, die Metastasen seien ein Hirngespinnst, eine Fabel aus unwissenschaftlicher Vorzeit? Ich bin weit entfernt, den Anschauungen der Alten in ihrer ganzen Ausdehnung beizutreten; nur das möchte ich erstreben, dass man dieselben von nun an unbefangen prüfe." Nachdem dann ein Fall mitgetheilt wird, in dem das kalte Bad zur Zeit der Menstruation und die dadurch herbeigeführte Suppressio mensium als die Ursache der nachfolgenden Phthisis angesehen wird, und zwei Fälle, in denen der Zusammenhang der Phthisis mit der Heilung von Mastdarmfisteln kaum zu bezweifeln sei, heisst es weiter: „Es bleiben Fälle übrig, die auf die Hypothese der Alten zurückführen, nämlich dass unter Umständen Stoffe der regressiven Metamorphose auf dem Wege bestehender Exutorien (Geschwüre, Ausschläge etc.) regelmässig nach aussen entfernt werden, und daher, wenn diese Abzugsquellen plötzlich sich verstopfen. jene Stoffe im Körper retinirt werden, sich in inneren Organen ablagern und Erkrankungen derselben bedingen. . . . Hautausschläge und Geschwüre, die seit langen Jahren eingewurzelt sind, suche man nicht durch locale Application starker Adstringentien plötzlich zu unterdrücken, sondern bemühe sich, durch Anwendung milder Topica, Bäder u. s. w. in Verbindung mit einer innerlichen antidyskrasischen Medication allmälig zu bessern oder, wo es angeht, zu heilen. Mastdarmfisteln operire man bei Personen mit phthisischem oder scrophulösem Habitus oder auch nur bei schwächlichen Individuen niemals; bei kräftigen robusten Personen verstehe man sich nur zur Operation, wenn die Fistel noch nicht sehr lange bestanden hat, wenn die Beschwerden durch dieselbe sehr beträchtlich sind und nachdem man die mögliche Gefahr der Operation dem Patienten eindringlich vorgehalten hat. — Stellen sich nach der Heilung von Ausschlägen und Geschwüren Erscheinungen von Seiten der Respirationsorgane ein, so halte man sofort eine ableitende Medication inne; am besten in dieser Beziehung ist eine Fontanelle oder ein Haarseil."

Dyscrasia herpetica rediviva! Wenn Waldenburg die alte Metastasenlehre nur wieder geprüft sehen will, so sind seine therapeutischen Vorschriften schon ganz entsprechend ihrer Gültigkeit. Ich habe nicht ohne Grund zu Anfang so viele Citate mitgetheilt und mich so der Gefahr ausgesetzt, ein sat superque zu vernehmen. Ich glaube aus jenen Citaten schliessen zu dürfen, dass wir Manches seitdem gelernt und das Recht erworben haben, Manches zu vergessen. Aber wenn von so gewichtiger Seite eine Revision der ganzen Lehre gefordert wird, wenn so viele hervorragende Aerzte (und deren Zahl wäre gewiss von Beleseneren leicht zu vermehren) von beobachteten Metastasen berichten, so ist eine erhöhte Aufmerksamkeit dringend geboten. Es sei mir erlaubt, in wenigen Worten meine Ansicht mitzutheilen. — Entscheiden kann hier nur die Beobachtung, nicht die Theorie. Wenn Waldenburg durch die Cohnheim'schen Untersuchungen über die Herkunft von Eiterzellen aus dem Blute die Voraussetzung nahe gelegt sieht, dass durch eiternde Flächen mit dem Eiter auch fremdartige, vielleicht krankhafte Producte aus dem Blute dauernd ausgeschieden werden können (l. c. S. 520), so scheint mir die Ansicht Virchow's dem heute gerade so entgegenzustehen wie früher. Auch Virchow stimmt darin mit den Alten überein, dass er eine Verunreinigung des Blutes mit verschiedenen Substanzen zulässt, und diesen Substanzen eine reizende Einwirkung auf einzelne Gewebe (Schärfen, Acrimoniae) zuschreibt. Aber für jede anhaltende Dyskrasie sei eine erneuerte Zufuhr schädlicher Stoffe in das Blut vorauszusetzen (Cellularpathologie 3. Auflage. Berlin 1862. S. 127).

Somit bleibt den Eiterungen und Absonderungen doch der Charakter localer Gewebsstörungen gewahrt, und Waldenburg sagt selbst, dass bei solcher Theorie die alte Metastasenlehre nach den ersten Grundanschauungen der Wissenschaft fast undenkbar erscheinen musste. — Die pathologische Anatomie und Chemie hat bisher auch nichts zur Lichtung des Dunkels beigetragen. So sicher die Entstehung metastatischer Abscesse nach Thrombose und Embolie, von Knochenerde-Metastasen in Lunge und Magen nach Resorption von Kalksalzen bei Osteomalacischen constatirt sind, so verständlich die Fortschwemmung von infectiösen Zellen oder Säften maligner Tumoren in die nächsten

Lymphdrüsen dargestellt ist, eine Stütze für „herpetische" Schärfen oder für Rententionsstoffe im Blute nach Aufhören habitueller Secretionen ist weder chemisch noch anatomisch gefunden, also auch nicht zu discutiren. Das Experiment Röhrig's ist gewiss beachtenswerth; aber aus einem einzigen Versuche, bei dem überdiess — um nur auf eine Fehlerquelle hinzuweisen — Menschenschweiss, also immerhin eine differente Materie einem Kaninchen injicirt wurde, kann man doch unmöglich weitergehende Schlüsse ziehen. — Die klinischen Stützen sind vor Allem die Beobachtungen über den Eintritt innerer Entzündungen nach Verschwinden eines Exanthems oder Geschwürs, über Besserung nach dem Wiederauftreten äusserer Abscheidungen, ferner das in bestimmter Richtung stattfindende Ueberspringen eines Krankheitsprocesses, von Parotis zu Hoden, von (blennorrhoischer) Urethra zur Epididymis.

Ich beginne mit dem letzteren Punkt, der leichter zu erledigen ist. Die Anschauungen über den Verlauf der Gonorrhoe hatten .früher manchen Beitrag zur Versetzungstheorie geliefert, der vor der neueren Kritik nicht Stand hielt. Die so gefürchtete Blenorrhoea conjunctivae hat sich ihres früheren metastatischen Charakters begeben und nicht anders ist es mit der Epididymitis bestellt. Nur wenn dieselbe mit lebhafterer Allgemeinreaction einhergeht, pflegt der Ausfluss zu schwinden und manchmal sieht man gerade schon fast verschwundene Secretionen mit Eintritt der Epididymitis heftiger werden. Dunkel ist der — übrigens vielseitig geläugnete — Zusammenhang mit Gelenkaffectionen und Iritis, wobei auch ein Alterniren beschrieben wird, aber der ist gar nicht im Sinne der Metastasenlehre zu verwenden. Es wird Niemandem einfallen, eine Urethralblennorrhoe, und sei sie noch so alt, conserviren zu wollen, um nicht den Kranken der Gefahr einer Synovitis oder Iritis auszusetzen; man wird doch immer nur deren Eintritt fürchten, so lange noch Gonorrhoe vorhanden ist. — Die Orchitis (selten auch Mastitis, Elytritis) nach Parotitis epidemica ist offenbar ganz anders als metastatisch aufzufassen, wie schon aus ihrem regelmässigen Eintritt — etwa am sechsten Tage in den Fällen, in denen überhaupt solche Complication stattfand — hervorgeht. Ob man nun die Orchitis als O. urethralis mit Köcher (Pitha — Billroth l. c. Bd. III. Abtheil. II.

Lief. VII. 2. Hälfte S. 241) auffasst oder sie directer vom Blute aus durch specifische entzündungserregende Stoffe entstehen lässt, jedenfalls ist ihr keinerlei ableitende oder kritische Bedeutung zuzumessen. Ebenso wenig der zu Typhus, Scharlach und sonst zutretenden, auch metastatisch genannten Parotitis, die unter allen Umständen eine unliebsame Complication darstellt, ob es sich nun um eine Fortleitung einer Stomatitis durch die Speichelwege oder um eine specifische vom Blute aus zugeleitete Entzündung handelt. Ein vereinzelter Fall Billroth's (nach Köcher l. c.) der nach traumatischer Orchitis vorübergehende Schwellung der Parotis auftreten sah, scheint dafür zu sprechen, dass Reflexbeziehungen zwischen Parotis und Hoden bestehen mögen. Wir kennen ja solche „Sympathie" von Uterus und Brüsten; wir sehen Geschwülste der Mamma zur Zeit der Menstruation anschwellen und nachher abschwellen; wir wissen, dass eine Methode der künstlichen Frühgeburt (Scanzoni's) auf solche Reflexbeziehungen gegründet ist u. s. w. Aber in keinem Falle gilt uns die Entzündung des einen Organs für eine Ableitung von dem anderen; immer nur für eine Mitleidenschaft, die keine Entlastung mit sich bringt.

Den eigentlichen Streitpunkt bildet die hin und her wandernde materia peccans, in zweiter Linie steht die Gewöhnung des Organismus an habituelle Secretionen. Um zunächst bei den Hautkrankheiten und ihrer Localbehandlung zu bleiben, so glaube ich auf die Statistik hinweisen zu dürfen. Ich meine gar nicht die gewaltigen Zahlen Hebra's, der einmal Führer der interessirten Partei ist, und dem man gleich wie den anderen Dermatologen (gewiss nur mit beschränktem Recht) immer entgegenhalten würde, der Specialist sähe die Kranken nur so lange, als sie seiner Behandlung bedürftig seien. Aber ich kann auf Gerhardt (Lehrbuch der Kinderkrankheiten. 3. Aufl. Tübingen 1874, S. 697) verweisen, nach dem die Heilung des Ekzems niemals Nachtheile bringt; auf Steiner (Compendium der Kinderkrankheiten. Leipzig 1872. S. 444), der mehr als 1000 Fälle chronischer Ekzeme an Kopf und Gesicht von Kindern fast durchweg ohne Rücksicht auf Dauer und Ausbreitung local ohne alle Nachtheile behandelt hat; auf Hüttenbrenner (Lehrbuch der Kinderheilkunde. Wien 1876. S. 517). der überall eine energische Localbehandlung des Ekzems vorschreibt. Aber man lese bei Henoch selbst, wie unter einer bedeutenden Zahl örtlich behandelter Fälle nur zwei so verliefen, dass H. wieder an die Möglichkeit einer Metastase zu denken anfängt. Ja, wenn derlei ganz vereinzelte und noch so ganz anders deutbare Beobachtungen den Ausgangspunkt bilden dürfen für die Therapie, was würden wir nicht Alles von örtlichen Eingriffen aufzugeben haben. Kein Atherom dürfte vom Capillitium exstirpirt, kein Hämorrhoidalknoten kauterisirt, keine Zehe exarticulirt werden, denn man hat — und unzweifelhaft in Folge davon — Meningitis, Pyaemie, Trismus entstehen sehen. — Wenn ich über die Exantheme weiter hinausblicke, so sehe ich heute nirgend mehr die topische Behandlung durch Rücksicht auf eine Störung eliminativer Processe oder auf Gewöhnung des Organismus eingeschränkt. Dass man nicht ohne Noth an die Operation von Mastdarmfisteln der Phthisiker geht, geschieht aus Furcht vor fieberhafter Reaction und deren nicht zu bestimmenden Einfluss auf die phthisische Constitution. Aber wie lange und wie profus ein Carcinom, ein Sarcom, eine vereiternde Cyste secernirt haben mag, man exstirpirt sie, wenn es vollständig ausführbar ist, und um so bereitwilliger, je stärker und länger der Säfteverlust schon bestanden hat. Welcher Gynäkolog nähme heute Anstand, eine noch so alte Leukorrhoe gleichviel welchen Ursprungs zu beseitigen, ohne dass er daran denkt, eine Fontanelle zum Ersatz anzulegen! Ja, im Gegentheil, bei Caries eines Knie-, eines Ellbogengelenks, gerade wenn sie lange bestanden hat und profus secernirt, sucht der Chirurg durch Esmarch'sche Constriction das in der abzusetzenden Extremität — wenn amputirt werden muss — vorhandene Blut möglichst dem Körper zu erhalten und durch Lister'schen Verband die Wundeiterung zu beschränken. Und gerade die Exantheme sollten heilsame Exutorien sein oder durch Fontanellen ersetzt werden müssen! — Waldenburg sagt, man solle alte Hautausschläge nur durch Anwendung milder Topica, Bäder u. s. w. in Verbindung mit einer innerlichen antidyskrasischen Medication allmälig zu bessern suchen. Nun, um bei dem vielbestrittenen Ekzema impetiginodes zu bleiben, so ist dessen dyskrasische Natur zum Mindesten zweifelhaft. Aber gesetzt, es sei Scrophulose oder eine unbenennbare Blutentmischung die Ursache, sollen wir darum von der sofortigen örtlichen Be-

handlung abstehen? Wenn alte Lupusknoten, vorgeschrittene
Coxarthrocace uns zugeführt werden, suchen wir nicht sofort
deren materielle Grundlage aufzuheben, die örtlichen Störungen
zu vernichten, während wir doch wissen, dass der eventuell ge-
gebene Leberthran u. A. erst spät seine Wirkung entfalten kann?
Fürchten wir dabei, ein eliminatives Verhalten zu stören? Es sind
das nur Schlüsse aus der Analogie, die ich zu ziehen suche, und
ich weiss wohl, dass sie nur beschränkten Werth haben können.
— Nur Eines will ich noch hervorheben. Wenn man die Hautausschläge, Geschwüre, Fisteln so behutsam, event. gar nicht an-
zufassen lehrt, so denkt man etwas wenig an die möglichen Folgen
von deren längerem Bestande. Ich mag die örtlichen Folgen vieler
nicht heilenden Unterschenkelgeschwüre, mancher Mastdarmfisteln
nicht weiter ausführen. Ich will nur auf die schlaflosen Nächte
der ekzemkranken Kinder in Folge des Juckens und Kratzens, auf
die Schwellung und vielfach auch Vereiterung von Lymphdrüsen
hinweisen, auf die nachweisbare Vermehrung der weissen Blut-
körperchen bei universellen Ekzemen. Ob nicht aus solchen Drüsen,
ja aus der äusserlichen Secretionsstelle recrementitielle Stoffe
(Virchow) in das Blut gelangen, Fieber erregen und so im
fehlerhaften Zirkel zum Schwunde des Exanthems führen können?

Zum Schluss will ich im Anschluss an eine frühere Be-
merkung (über Erkältungen) eine Einschränkung machen, die
aber weder herpetische Schärfen noch habituelle Secretionen be-
trifft. Es heisst immer: Die plötzliche Unterdrückung des Ausschlags, des Secrets sei zu fürchten, während Hebra auch heute
noch erklärt, er kenne zu seinem Bedauern kein solches Mittel,
das im Stande wäre, eine chronische Hautkrankheit plötzlich oder
binnen sehr kurzer Zeit zur Heilung zu bringen. Aber ein wirklich plötzliches „Zurücktreten“ des Blutes von äusseren Theilen
nach inneren halte auch ich für möglich, und ein „Zurückdrängen“,
wenn es nicht mit den nöthigen Cautelen geschieht, für nicht
jedesmal unbedenklich. Wenn in methodischer Weise bei Scharlach, Blattern u. s. w. mit Kälteeinwirkung vorgegangen wird,
so wird der etwaige Schaden einer Hyperämisirung innerer Theile
voraussichtlich durch die Abkühlung des Blutes mehr als aufge-
wogen. Aber dass man weder durch kaltes Wasser, noch durch
kalte Luft, gleichviel wie angewandt, z. B. bei Blattern-Kranken

schaden könne, möchte ich nicht unterschreiben. Es wird wohl
eines locus minoris resistentiae bedürfen, damit die plötzliche
Zurückstauung des Blutes mehr als eine sich bald ausgleichende
Hyperämie hervorrufe; einer Insufficienz der Nieren, die nach
physiologischem Experiment [1]) zur Ausgleichung dienen; der im
Fieber verminderten Fähigkeit der Hautgefässe zur Regulirung
ihres Blutgehalts [2]). Aber ein derartiges Zurücktreten des Blutes
beruht auf klaren physiologischen Verhältnissen und die Annahme
einer solchen Möglichkeit hat nichts mit der alten Metastasenlehre zu thun.

[1]) Coloman Müller nach Winternitz Hydrotherapie. Wien 1877
Bd. I. S. 88.

[2]) Senator, Untersuchungen über den fieberhaften Process und seine
Behandlung. Berlin 1873. S. 158.